Los Tres Deseos del Pintor

I0720485

Jibber Jabber

Copyright © 2023 por Rachel Peterson

Reservados todos los derechos.

Este libro o cualquier parte del mismo no puede reproducirse ni usarse de ninguna manera sin el permiso expreso por escrito del editor, excepto para el uso de citas breves en una reseña del libro. Los personajes y eventos retratados en este libro son ficticios. Cualquier similitud con personas reales, vivas o muertas, es coincidencia y no es intención del autor. Impreso en los Estados Unidos de América Primera impresión, 2023.

Copyright © 2023 by Rachel Peterson

All rights reserved.

This book or any portion thereof may not be reproduced or used in any manner whatsoever without the express written permission of the publisher except for the use of brief quotations in a book review. The characters and events portrayed in this book are fictitious. Any similarity to real persons, living or dead, is coincidental and not intended by the author. Printed in the United States of America First Printing, 2023.

ISBN 13: 978-1-948921-21-3

<u>EXPRESIONES DE GRATITUD</u>

Ilustradora: Quynh Rua

Editora: Jessie Raymond

Correctoras de pruebas: Gwen Peterson, Jenny Dulaney

Traductores y editores de español: Yamil Emilio Ramirez Garcia, Semeu G, Sonia de Juana, Carlos Galindo Lalana, Gustavo Salcedo

Un agradecimiento especial a la familia Mitchell.

Érase una vez, en un reino muy lejano, una anciana. La mujer era bondadosa, pero como la mayoría de la gente bondadosa de los cuentos de hadas, es pobre. Sin embargo, trabajaba duro y ahorraba el poco dinero que podía ganar. Al final de cada mes, si tenía suficientes monedas, se compraba un capricho: un pequeño cuenco de delicioso pudin de chocolate.

Esta mujer tenía un hijo. Cuando trabajaba, era pintor, pero rara vez trabajaba, porque era perezoso y egoísta. No vivía con su madre, solo la visitaba una vez al mes, los últimos días, cuando su madre solía comerse el pudin de chocolate. El pintor venía y la pedía un poco del postre. Su madre le dejaba comer la mayor parte, y este dejaba sólo un poco para ella. Después de comer, el pintor pasaba la noche en casa de su madre, durmiendo en la única cama que había, mientras su madre dormía en una hamaca. Al día siguiente, al marcharse, le pedía dinero a su madre. Su madre le daba un poco, quedándose tan solo con unas pocas monedas. Él se marchaba, y volvía a final de mes para repetir lo mismo.

Pero un día, algo cambió. A final de mes, cuando la anciana caminaba hacia su casa con el pudin de chocolate que había comprado, vio a una mendiga. La gente del pueblo solía ser amable, pero todos evitaban a esta mendiga porque tenía un aspecto extraño. La mendiga tenía cuatro ojos, dos bocas y no tenía nariz. Cuando la anciana vio que nadie ayudaba a la pobre mujer, la invitó a quedarse en su casa. En cuanto su hijo vio a la extraña invitada, le dijo a su madre que la echara. Los cuatro ojos de la mendiga empezaron a llenarse de lágrimas. Su madre insistió en que la extraña se quedara. Esto disgustó al pintor, pero como no era su casa, no podía hacer nada al respecto. Lo único que podía hacer era quejarse, cosa que hizo, y en voz alta.

Cenaron los tres. Durante todo el tiempo, el pintor ridiculizó a la mendiga y presumió de lo importante que era él. Iba a pintar el retrato de una duquesa. Pronto, su obra sería tan admirada, que reyes y reinas le pedirían que pintara también sus retratos. Después de cenar, cuando llegó la hora de comer el pudin de chocolate, el pintor volvió a comerse la mayor parte. La anciana le dio a la mendiga lo que quedaba y ella se quedó sin nada. Cuando llegó la hora de dormir, el pintor durmió en la cama, la mendiga durmió en la hamaca y la anciana durmió en el suelo. A la mañana siguiente, la madre le dio algo de dinero a su hijo y le dio a la mendiga las pocas monedas que le quedaban.

Mientras el pintor seguía allí, quejándose, una luz azul empezó a brillar alrededor de la mendiga. Se transformó en una hermosa hada con cuatro alas y dos antenas, aunque seguía sin nariz.

El hada revoloteó hasta la anciana y le dijo: "He venido a ayudarte, amable mujer. Te devolveré tus tres actos de bondad a cambio de tres deseos. Me has dado comida, un lugar donde dormir y dinero. Te concederé la mejor comida, un mejor hogar y más dinero".

"Gracias, hada amable" — dijo la anciana— "pero no soy yo quien necesita tu ayuda. Si pudieras ayudar a mi hijo, eso me haría la más feliz del mundo".

"¿Estás segura de que quieres darle tus regalos a esta persona?" —preguntó el hada.

"Sí, por supuesto".

"No creo que sea prudente, pero puedes usar tus deseos como quieras". El hada se volvió hacia el pintor y le preguntó: "¿Qué deseo te gustaría primero: ¿comida, una casa o dinero?".

El pintor dijo que primero pediría la comida. Se quejó de que aún tenía hambre después del pequeño desayuno que le había dado su madre. El hada le entregó al pintor una semilla.

"Toma esta semilla y plántala en el jardín. Durante siete días, debes regar la tierra y arrancar todas las malas hierbas. Si haces esto, crecerá un árbol. De este árbol crecerán tanto manzanas rojas como peras doradas. Una manzana roja es todo lo que necesita una persona hambrienta para quedar satisfecha durante toda una semana. Sin embargo, nadie debe comer las peras doradas. Quien dé un mordisco a la pera, tendrá al instante la cara de un animal, y el árbol entero se marchitará y nunca volverá a dar frutos".

Después de que el hada prometiera volver cuando se la necesitara, desapareció en una nube de confeti azul. El pintor perezoso no tenía ninguna intención de cuidar un árbol. Entregó la semilla a su madre y se marchó. Su madre plantó la semilla y durante siete días la regó y arrancó las malas hierbas.

Al cabo de los siete días, salió a su patio y vio un árbol encantado con manzanas rojas y peras doradas. Cada vez que la anciana tenía hambre, comía una manzana, y quedaba satisfecha durante toda una semana. La anciana también dio algunas manzanas a sus vecinos, pero tuvo cuidado de no comer ni regalar nunca las peras.

A finales de mes, la anciana compró un pequeño bol de pudin de chocolate. El pintor volvió a casa, como de costumbre. Mientras el pintor y su madre cenaban una manzana cada uno, él se quejó de que la duquesa se negara a comprar el retrato que la había hecho. Ella había criticado su trabajo, calificándolo de mediocre, después de haber pasado casi dos horas pintándolo.

Después de la cena, el pintor se comió la mayor parte del pudin de chocolate, dejando solo un poco para su madre. Mientras comían, su madre le dijo que las manzanas mágicas habían funcionado. Ella y sus vecinos nunca más tendrían que pasar hambre. El pintor no hizo más que quejarse. La decía que no compartiera las manzanas, pues era su árbol y no de ella.

Por la noche, la madre durmió profundamente en la hamaca, pero el pintor no pudo dormirse, aunque estaba tumbado en una cómoda cama. Seguía enfadado con la duquesa. Se quedó despierto, dando vueltas en la cama, hasta que se le ocurrió un plan. Se rió de su ingeniosa idea y se quedó dormido.

A la mañana siguiente, después de que su madre le diera dinero, se escabulló al patio y cogió una pera del árbol. Se dirigió al castillo de la duquesa. Le dijo que tenía un regalo para ella, para disculparse por su mediocre trabajo. La duquesa dijo que no quería un regalo, pero el pintor insistió. Le entregó la pera de oro. En cuanto la duquesa le dio un mordisco, el árbol que cultivaba las manzanas y las peras se marchitó, y la cara de la duquesa se volvió como la de una morsa.

La duquesa estaba horrorizada. Tener la cara de una morsa
estaría bien si estuviera casada, pero aún no tenía marido. ¿Quién se
casaría con ella ahora? El pintor sugirió entonces que sería una
buena idea que ella comprara su retrato. Podría utilizarlo para
engañar a cualquier pretendiente. La duquesa no sabía qué más
hacer. Estaba demasiado asustada como para encargar su retrato a
otro pintor. No quería que nadie más la viera, porque podría
correrse la voz de que tenía cara de morsa. Así que la duquesa
compró el retrato, a un precio cinco veces superior al original, y se lo
envió al príncipe del Castillo de Marfil. El príncipe vio el retrato,
pensó que era hermoso y aceptó casarse sin ni siquiera conocerla.
Imagínate su sorpresa en la boda, cuando levantó el velo y
descubrió que se había casado con una mujer con cara de morsa.

El príncipe se enfadó por el terrible engaño. Estaba tan furioso que envió a unos guardias a buscar al pintor. Los guardias lo llevaron al Castillo de Marfil para que compareciera ante el príncipe y su esposa con cara de morsa. El príncipe ordenó encarcelar al pintor para el resto de su vida. El pintor fue encerrado en una habitación en lo alto de una torre de marfil. Se necesitaban mil escalones para subir y dos mil para bajar. No había forma de que el pintor pudiera escapar jamás, o eso pensaba él.

Aunque el pintor estaba en prisión, el príncipe permitió que su madre le visitara. Era fin de mes, así que le trajo un pequeño tazón de pudín de chocolate. Subió resoplando y jadeando los mil escalones y por fin llegó hasta su hijo. Su hijo se comió la mayor parte del pudin, dejando solo un poco para su madre. Su madre estaba angustiada porque su hijo estaría encerrado el resto de su vida. El pintor también estaba disgustado y se aseguró de quejarse en voz alta.

"¡No puedo pasar el resto de mi vida en esta torre de marfil! ¡Esto no es un hogar! ¡Exijo un lugar mejor donde quedarme!"

De repente, hubo una nube de confeti azul y apareció el hada.

"¿Te gustaría pedir otro deseo?" —preguntó el hada—. "¿Te gustaría desear un hogar mejor?".

"¡Sí! ¡Si eso me saca de aquí!" —dijo el pintor.

El hada le dio al pintor una rueca y le dijo: "Debes hacer girar esta rueca durante siete días. Después de siete días, harás una alfombra voladora mágica. La alfombra te preguntará si quieres ir a una casa hecha de piedra o a una casa hecha de diamantes. Debes decir: 'Llévame a la casa de piedra'. No seas codicioso y pidas la casa de diamantes. Pide la casa de piedra y esa casa será tuya. Vivirás una vida cómoda en una casa cómoda".

Entonces el hada desapareció en una nube de confeti azul. El pintor se negó a trabajar en la rueca. La anciana quería sacar a su hijo de la cárcel, así que cargó con la rueca, resoplando y jadeando los dos mil escalones de bajada. Durante siete días, hizo girar la rueca e hizo una alfombra voladora mágica. Al octavo día, subió la alfombra bajo el brazo los mil escalones de la torre de marfil, pues su hijo le había prohibido volar sobre ella. Él debía ser el primero en usarla; después de todo, era su regalo.

"¿Quieres ir a la casa hecha de piedra o a la casa hecha de diamantes?" —le preguntó la alfombra al pintor.

El pintor era codicioso, por supuesto, y respondió: "¡Llévame a la casa de diamantes!".

Saltó sobre la alfombra y se fue volando, dejando que su madre bajara los dos mil escalones y regresara a su humilde casita. La alfombra llevó al pintor a una casa hecha enteramente de diamantes. Tras dejarlo en la puerta de diamante puro, la alfombra se fue volando. ¡La casa era enorme! De hecho, ¡todo era enorme! Dentro de la casa, había una enorme mesa hecha de diamantes, una enorme silla hecha de diamantes, ¡incluso un enorme joyero hecho de diamantes que contenía aún más diamantes! El pintor pasó la noche en la enorme cama de diamantes, que era sorprendentemente cómoda, y se quedó dormido.

A la mañana siguiente, le despertó una giganta furiosa. Esta casa de diamantes pertenecía a la giganta, y estaba enfadada porque alguien había entrado y dormido en su cama de diamantes. Echó al pintor y cerró de un portazo la gran puerta de diamante. El pintor llamó a la alfombra mágica, pero esta no regresó, así que emprendió el camino de vuelta a casa de su madre. Cuando llegó, coincidió que era fin de mes. El pintor volvió a comerse la mayor parte de su pudín de chocolate, dejando sólo un poco a su madre.

Afortunadamente, el pintor encontró trabajo. El rey le dijo que le pagaría por pintar los retratos de sus dos hijas. La hija mayor tenía 22 años, mientras que la menor tenía 21. Deberían haberse casado hacía años y eran demasiado mayores para seguir solteras, pero el rey había estado demasiado ocupado para casarlas. Así que decidió que unos retratos bonitos ayudarían a atraer a posibles pretendientes.

El pintor comenzó su trabajo, que era a la vez fácil y difícil dependiendo de qué hija estuviera pintando. La hija mayor era arrogante, grosera y condescendiente. Insultó al pintor y se burló de él por ser pobre. Ella era rica, se casaría con alguien rico, tendría hijos ricos y un gato rico, y viviría una vida de riquezas; mientras que él era pobre y nadie querría casarse nunca con él.

La hija menor era amable con el pintor, pues trataba a todo el mundo con amabilidad. Un día, mientras el pintor elaboraba su retrato, el corazón de la joven princesa pareció latir un poco más rápido y también saltarse un latido al mismo tiempo. Su corazón se sentía pesado, pero su cuerpo se sentía ligero como una pluma. Se sentía enferma del estómago, pero también parecía estar llena de mariposas. Como ciertamente no estaba enferma, esto solo podía significar una cosa: se dio cuenta de que debía de estar enamorada del pintor. Ella se lo contó, y el pintor, al ver su belleza y su riqueza, le dijo que él también estaba enamorado de ella y prometieron casarse. La princesa estaba encantada. Le preguntó a su padre si podía casarse con el pintor. El rey le dijo que podía casarse con quien quisiera siempre que su pretendiente fuera rico y pudiera regalarle al rey una gran suma de dinero.

Por supuesto, el pintor no era rico, así que después de terminar sus retratos, le pagaron sus honorarios y le enviaron lejos. Una vez que el pintor gastó su dinero, lo que no le llevó mucho tiempo, regresó con su madre. Era fin de mes otra vez, así que el pintor se comió la mayor parte del pudín de chocolate, como de costumbre, dejando solo un poco para su madre. Dijo que necesitaba dinero para casarse con una princesa. Su madre le ofreció todo lo que tenía, pero no era suficiente.

El pintor vio una nube de confeti azul. El hada apareció de nuevo y preguntó si al pintor le gustaría utilizar su tercer deseo, el deseo del dinero. El pintor estaba más que feliz de usar su tercer deseo, así que el hada le dio una gran bolsa. Abrió la gran bolsa y de ella saltó una gallina cacareando que casi le arranca la nariz de un picotazo.

"Debes alimentar a la gallina y mullirle las plumas todos los días durante siete días. Luego, cada vez que quieras dinero, dile a la gallina que ponga un huevo" —le ordenó el hada.

"¿Sólo saldrá un huevo?" —gimoteó el pintor.

"No un huevo cualquiera, un huevo de oro. La gallina pondrá tantos huevos de oro como desees, pero con una condición: deberás utilizar tu dinero para casarte con la princesa más joven. Si rompes tu promesa con ella y te casas con otra, la gallina dejará de poner huevos de oro y todo el oro que ha fabricado se convertirá en polvo".

Como probablemente puedes adivinar, el pintor no iba a ocuparse de la gallina. Dejó que eso lo hiciera su madre. Cada día, su madre alimentaba a la gallina y le mullía las plumas. Al cabo de los siete días, el pintor regresó. La gallina estaba poniendo huevos de oro. El pintor ordenó a la gallina que siguiera poniendo huevos, hasta que toda la casita estuviera llena de ellos.

El pintor fue a ver al rey. Ahora tenía suficiente dinero para casarse con una princesa. El rey llamó a sus dos hijas y preguntó al pintor con cuál quería casarse. La hija menor se alegró mucho de verlo. La hija mayor también estaba contenta. Era mucho más amable, ahora que él era rico. La hija mayor dijo que estaría encantada de casarse con él.

Feliz de tener ahora dos opciones en lugar de solo una, el pintor dijo que necesitaba un día para pensárselo. Volvió a casa y su madre le rogó que se casara con la hija menor o perderían todo el oro. El pintor pensó que era una sabia decisión, pero no quiso admitirlo. No le gustaba que le dijeran lo que tenía que hacer. Le molestaba que el hada siempre le diera dos opciones cuando en realidad siempre había una sola. Esa noche, mientras estaba tumbado en la cómoda cama de su madre, ideó lo que le pareció una idea inteligente. Si elegía a la hija mayor, todo su oro desaparecería, pero seguiría casado con una princesa. El rey era rico y les proporcionaría dinero y cualquier otro lujo que desearan. Además, la mayor era más guapa.

El pintor decidió casarse con la hija mayor. A la hermana menor se le rompió el corazón. El pintor entregó al rey un cofre lleno de huevos de oro como pago por la dote. A la semana siguiente, el pintor se casó con la princesa mayor, y la princesa menor se casó con otro, alguien no tan rico, pero no tan egoísta como el pintor. Al día siguiente de la boda, el rey abrió el cofre de los huevos de oro sólo y descubrió que todo el oro se había convertido en polvo. Del mismo modo, todo el oro que tenía el pintor también se convirtió en polvo.

La hija mayor lloró. Aunque sabía que su padre las mantendría, se sentía como si viviera en la pobreza en comparación con la riqueza que podría haber tenido. Era su peor pesadilla: ahora era pobre y tendría hijos pobres y un gato pobre y viviría una vida de pobreza. Cuando el pintor se rió y se burló de ella, su miseria se convirtió en ira. Así que la princesa corrió de vuelta a su padre y exigió venganza contra el pintor. El rey promulgó un decreto por el que invitaba a cualquiera a retar al pintor a un duelo por haber humillado a la princesa. Si el pintor se negaba a batirse, sería inmediatamente condenado a muerte.

Todos oyeron la proclama, incluido el príncipe del Castillo de Marfil. No se había olvidado del pintor y estaba decidido a que esta vez no escapara al castigo. Retó con entusiasmo al pintor a un duelo, y este no tuvo más remedio que aceptar. Temprano por la mañana, cruzaron espadas y lucharon. El príncipe se abalanzó y clavó su espada en el corazón del pintor, matándole al instante. La princesa mayor quedó satisfecha. Entonces comenzó su búsqueda de otro marido, y el príncipe del Castillo de Marfil regresó a casa con su esposa con cara de morsa.

La madre del pintor estaba triste, pues había querido mucho a su hijo. Sin embargo, se alegró por una cosa. Al final del mes, cuando compraba su pudin de chocolate, podría comérselo todo ella sola.

Fin

 ¡Narración del libro disponible aquí!

https://jibberjabberblog.blogspot.com/2023/11/video-tp3w.html

¡Puedes descargar marcadores gratis aquí!

https://jibberjabberblog.blogspot.com/2023/11/extras-tp3w.html

www.ingramcontent.com/pod-product-compliance
Lightning Source LLC
Chambersburg PA
CBRC092146180726
48295CB00008B/125